¡CROAC!

A MIS PADRES, QUE LES SALIÓ UN HIJO *RANA*
FRAN

PARA AMANTES DE LAS MINÚSCULAS
GURIDI

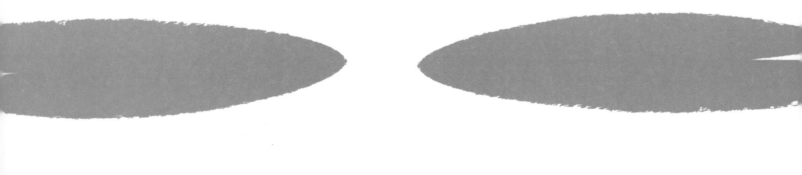

¡CROAC!

FRAN PINTADERA
GURIDI

Libre Albedrío
editorial

UNA HOJA
DOS HOJAS
TRES HOJAS

UNA RANA

UNA HOJA
DOS HOJAS
TRES HOJAS

DOS RANAS

UNA HOJA
DOS HOJAS
TRES HOJAS

TRES RANAS

UNA HOJA
DOS HOJAS
TRES HOJAS

CUATRO RANAS

UNA HOJA
DOS HOJAS
TRES HOJAS

CINCO RANAS

UNA HOJA
DOS HOJAS
TRES HOJAS

SEIS RANAS

UNA HOJA
DOS HOJAS
TRES HOJAS

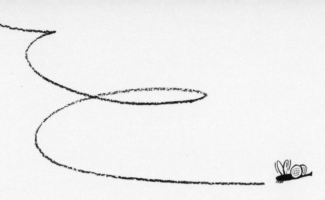

SIETE RANAS

UNA HOJA
DOS HOJAS
TRES HOJAS

OCHO RANAS

UNA HOJA
DOS HOJAS
TRES HOJAS

NUEVE RANAS

UNA HOJA
DOS HOJAS
TRES HOJAS

DIEZ RANAS

UNA HOJA

UNA RANA